Heinrich Mann

Mnais und Ginevra

Bibliografische Information der Deutschen Nationalbibliothek:
Die Deutsche Nationalbibliothek verzeichnet diese Publikation in der Deutschen Nationalbibliografie; detaillierte bibliografische Daten sind im Internet
über http://dnb.dnb.de abrufbar.

Herstellung und Verlag: BoD – Books on Demand, Norderstedt

ISBN: 978-3-7526-4767-9

Inhaltsverzeichnis

Mnais

Soll ich herabsteigen? Würdest du sehr erschrecken, wenn ich's täte? Ja, horch, ich bin's, zu der du im geheimen betest, wenn wie jetzt der Mond um mein Gebüsch herflimmert. Du meinst, ich wüßte nicht um dich, armer Knabe, und nennst mich deine tote Nymphe. Ich bin keine Göttin und nicht tot, Mnais bin ich, eine Sikulerin, seit langer, schlimmlanger Zeit in Marmor gefesselt, einst aber meiner süßen Glieder froh und der Sonne, die Goldreifen um sie bog, und des Quells, der sie kühl und hart machte, und des Schattens, der die ausgestreckten mit den Abbildern kleiner Blätter sprenkelte. Hirtin war ich; und am Grunde des Tales, unter Farnen saß ich, und meine Hand drückte die Euter des geduldigen Mutterschafes in den irdenen Krug aus. Nun ward es Abend; klagend riefen die Hirten von den Kuppen der Berge einander zu; und ich trieb, den Milchkrug hoch auf meinen blonden Flechten, die Herde heim. Sie umdrängten meine Füße; die Leiber der alten schaukelten wollig; die jungen erhoben blökend ihre hellen Mäuler zu mir; und ich war mitten in einem Getrippel wie von vielen Regentropfen, und in einem warmen, befreundeten Duft. Den Wanderern bot ich einen Trunk aus meinem Kruge. Der gab mir eine Münze dafür und jener ein Stück Maiskuchen. Ein Hirte aber, Krupas, der nach Böcken riecht und dem ihr Fell um die Knöchel zottelt, griff in mein Gewand. Ich riß mich los, wie schon oft, und sprang über den Steg. Warum aber schüttelte diesmal mich Zorn? Ich reckte über meine Herde hinweg, denn sie versperrte ihm den Weg, die Hände nach dem Begehrlichen und rief ihm Schmähungen zu. Er lachte, und gekränkt drehte ich ihm den Rücken. Am Rande des Olivenfeldes aber hielt ich den Fuß an und bedachte, daß der Krug, mein schöner, rotgebrannter, mit der fliegenden Nike, mir vom Kopf gestürzt und zerbrochen war. Hin fiel ich da und schrie Wehe und verwünschte, die Arme zum Himmel erhoben, den Verderber. Ach! nicht hat ihn, wie ich's erflehte, der Blitz hingestreckt, und sicher war er von einer neidischen Gottheit abgesandt — denn mit dem Zerbrechen des Kruges begann die Strafe meines harten Geschickes.

Zwischen den sanften Ölbäumen stürzte ich die Erdstufen hinan und klagte es den guten Gottheiten der Bäume, wieviel ich verloren habe. Auch meinen Schafen jammerte ich's vor. Der Krug, den der Vater aus Syrakus mitbrachte! Die Mutter wird mich schlagen, sie wird mich verfluchen! Da trat aus ihrer Hütte, unter dem weißen, unbekannten Baum hervor, Rhus, die Hexe, und rief:

„Ei, hole dir einen neuen beim Timander!"

Schreiend floh ich; naht ihr doch niemand ohne Bangen; kein Bursche der Gegend, mag sie immerhin eine schöne Frau sein, tritt in ihren Dienst, aus Furcht, daß sie ihn verzaubere; und niemals auch bleibt ein fremder Knecht ihr lange im Hause. Eines Tages fehlt er, und statt seiner ist ein Esel da oder ein Bock, den vorher niemand gesehen hatte. Sie aber rief mir nach:

„Zum Timander geh', dem Künstler, droben in der Villa des Faustus!"

Warum mußte ich gehen? Groß war die Furcht vor der Mutter. Die Herde schickte ich heim und am Bergabhang durchschritt ich die Obelisken des Römers. Zwischen den steilen Cypressen eilte über die steinernen Treppen das Wasser, schwemmte Nymphen mit, von Tritonen verfolgt, und bespritzte die grünen Faune, die im Schatten lachten. „Wo ist Timander?" rief ich, und „Timander!" antwortete hinter den düster glänzenden Laubmauern eine Dryade. Ich suchte, und ich verlor mich in den langen dunklen Lauben, wo überall Bilder der Gartengötter mich erschreckten und verspotteten. Der Ausgang endlich brannte, ja, ihn umstanden rote Flammen, und in wilder Angst wendete ich den Fuß. Wie aber auch das Ende des nächsten Blätterganges rot beleckt war, wollte ich laufend hindurch, und laufend und in meinem Herzen betend, gelangte ich auf eine Wiese, die ganz voll rosigen Himmels hing. Steinbilder lagen umgestürzt im Grase, und tönerne Krüge und — ihr Götter! — der da glich ganz dem meinen! Nimmst du ihn, Mnais? Nimmst ihn und schleichst zurück? Ich spähte umher: Da entdeckte ich zwischen den Büschen ein niedriges Haus und im Dunkel der Tür einen Jüngling, der mich ansah. Meine Arme sanken herab, die lieben Knie zitterten mir.

Er trat auf die Schwelle; Timander war's; und er sagte lächelnd:

„Nimm dir den Krug, da du ihn dir ja wünschest, und geh nur!"

Ich bückte mich nach dem Kruge; aber anstatt zu gehen, fragte ich:

„Was tust du? Du bist Timander? Und dies ist dein Haus?"

Er lächelte noch; oder war's der rosige Himmel auf seinem Gesicht? ja, vielleicht war sein Lächeln der Himmel selbst. Und er antwortete:

„Ich suche in dieser Tonerde den Gott."

Rasch beugte ich mich darüber.

„Drücke deine Hand hinein," sagte er, und dann:

„Nun wird eine Göttin deine Hand bekommen, und vielleicht werden große Herren sie mit den Lippen berühren."

Da ich ihn nur ansah:

„Freut dich's? Was du für Augen hast! Wild und wirr von Freiheit, wie die Augen einer Waldfrau, die hier eingebrochen wäre. Gewiß bist du eine? So neugierig stehst du da und so scheu! Rasch muß ich dich festhalten und dir deinen warmen Abdruck rauben!"

Dabei spähte er in mein Kleid, und ich merkte mit Schrecken, daß sich's vom Laufen verschoben hatte.

„O laß!" sagte er, und bewegte gleichmütig die Hand, wandte sich, ging pfeifend hinein und holte ein Brett und Lehm. Beim Kneten sah er her und weg, her und weg, aber sein Auge war so streng und allein, als sähe es gar nicht mich, als wäre mein Gesicht, das er doch abbildete, nicht Mnais' Gesicht. Mir ward es seltsam kalt.

„Laß dein Kleid fallen!" sagte er zwischen den Zähnen, und als ich erschreckt zauderte, stampfte er mit dem Fuß. Da warf ich, bevor ich's bedacht hatte, alles von mir. Ich fühlte, wie mir das Blut zu den Augen stieg, wagte nicht, die Hände davor zu heben und mußte lassen, daß Tränen kamen. „Was wird er denken!" Aber er sah es gar nicht.

Plötzlich seufzte er tief auf, seine Hände beruhigten sich; lächelnd strich er sich die Locken aus der Stirn.

„Hüte dich, Mnais," sagte er, „daß nicht das Auge eines Gottes auf dich fällt, wenn du nach dem Bade ruhest und schläfst."

Und da ich erstaunte:

„Denn die Nymphe, die ihn liebt, würde neidisch werden und sich an dir rächen."

„So schön findest du mich?" fragte ich und meinte, er müsse mein Herz pochen sehen. Er betrachtete aber das, was er gemacht hatte. Auf einmal ward mir der Atem schwer.

„Dich selbst," sagte ich, „werden gewiß Göttinnen besuchen?" Und ich spähte in sein Haus, nach dem Herd und der Bank. Er warf irgend etwas mit der Schulter weg.

„Ich verschmähe sie. Nur Athene: sie, vielleicht, habe ich schon auf meiner Schwelle erblickt. Aber sie war — beruhige dich! — hart und schwer bekleidet, und die geraden Falten um sie her schaukelten nicht einmal."

„Liebst du denn ein sterbliches Mädchen?" fragte ich und lachte.

„Ich liebe nur meinen Herrn."

„Wie? Ein Sklave wärest du?"

„Du meinst wohl, ich wünschte mir's anders? Ein Künstler bin ich, geehrt und gut bezahlt. Was habt ihr Freien? Ihr frohndet dennoch meinem Herrn, — der mich nährt und liebt... . Da bist du, Crassus!" rief er. „Freund!" Und er und der Jüngling, der aus der Laube trat, breiteten beide die Arme aus. Der andere war ein Brauner, Hagerer, mit einem Lorbeerkranz über der Stirn. Er zeigte auf mich.

„Sie hat," erklärte ihm Timander, „einen Krug von mir gekauft und mir ihr Bild dafür gelassen." Dann gingen sie beide begierig um das Bild herum, eine lange Weile; und ich stand und dachte beklommen, wie ich entkomme. Wie in einen Brand war ich einst auf diese Wiese gestürzt; und nun war der Himmel erloschen und die Luft so matt.

„Dürstet dich nicht, Freund?" sagte Timander. „Mir hat die Arbeit Durst gemacht. Nimm, Mnais, deinen Krug, geh' hinein und mische uns Wein!"

Ich brachte ihnen den Trunk; mir war's, wie wenn die Mutter mich hart gescholten hätte. Demütig blieb ich stehen.

„Sieh doch," sagte sein Freund, „sie hat eine Flöte am Halse hängen: eine Hirtenflöte. Befiehl ihr doch, daß sie uns ein Lied spielt."

„Spiele," sagte gleichgiltig Timander und streckte sich aus. Ich spielte, indeß sie plauderten und sich kühlten, bis sie im Eifer ihres Lachens einander die Arme um die Schultern legten: da schlich ich mich, immer noch spielend, in die Laube und, kaum ihren Blicken entrückt, rannte ich, von Angst brennend, durch den Garten, aus dem die Götter fort waren, und hinaus, hinweg, wo irgend ein Versteck wäre.

In einem Felsspalt nächtigte ich, denn nicht wollte ich der Mutter meine Augen zeigen, und vor Tag stieg ich in den Quell Argenos und bat ihn, er solle mich schön machen, schöner als Bilder, schöner als Timanders Freunde. Er lachte, Argenos, hell, wie er immer lacht. Mit seinem Spiegel tröstete er mich. Und wie ich in die Villa des Faustus zurückkehrte, standen die lieben Götter alle wieder da. In den hohen Hecken schwebte die Morgenröte; tausend zwitschernde Stimmen regten sich darin, und ein seliger Tau fiel. Das Gras küßte mir die Füße. „Ich will ihm die Füße küssen," dachte ich, „und ihn so aus dem Schlafe wecken." Nun fand ich die Wiese, nun lugte ich ins Haus. Wie? Leer war's. Bangend betrat ich's, zauderte, strich mit dem Finger über ein Stück Ton, das von seiner Hand die Rundung hatte, legte die Wange auf seine Bank. Da schreckte lautes Gähnen mich auf. Timander kam über die Wiese. Er schwankte, blickte fahl, und die Rosen zerblätterten in seinem zerzausten Gelock.

„Was willst du?" fragte er mit schwerer Zunge.

Und da ich erschreckt verharrte: „Es gibt keinen Krug mehr. Hast du ihn wieder zerbrochen? Aber ich brauche dich nicht: das da ist fertig."

Er zeigte nach meinem Bild.

„Geh!"

Und er warf sich auf die Bank. Schon hörte ich ihn im Schlaf atmen, kehrte zurück und neigte mich über ihn. Welch süße Brust! Wie Eros' Finger die kleinen Schatten weich eingesenkt hatte in die Wange das schönen Jünglings, unter seine Augen! Aber sein Mund erschreckte mich: er war wie von einem satten Tier. Feucht war er in den Winkeln, feucht von Küssen! Ich tastete über seine Haut, und die Spuren von Küssen traten heraus, auf der Stirn, auf der Schulter: überall. Ich schluchzte, schüttelte mich und sah: sah all mein Mißgeschick. „Du Verlorener!" klagte ich.

„Mögest du sterben! Dein Grab werden sie Mnais lassen. Du aber gehörst ihnen!"

Wieder floh ich; und im Tal, wo sonst meine Schafe weideten und nun die harte Sonne mit sich allein war, rang ich die Hände. „Was ist aus dir geworden, Mnais? Verloren bist du! Er hat dich krank gemacht und will dich nicht heilen. Ohne ihn aber stirbst du. Nicht lange mehr soll dein Leib duften und blühn. Deine Haut wird welken, deine Glieder abmagern, und unfruchtbar und Göttern und Menschen zur Unlust, schleichst du dahin. Dem Unglück gebar dich die Mutter!" Und da ein Adler nach Beute kreiste: „O, nimm diese! Sie sind unnütz!" rief ich, reckte mich auf einem Stein und bot ihm, in die Luft hinauf, meine beiden Brüste.

Hirten erspähten mich, stiegen herab und umkreisten mich, spotteten und boten sich mir zur Liebe an. Krupas war unter ihnen der Dreisteste. Nackt über seinen Fellen und meckernd beugte er sich herüber und wollte mir das Kleid fortziehen. Heute aber erschreckte mich nicht sein Bocksgeruch: ich nahm nur meine Flöte an die Lippen und ging, ohne ihrer aller zu achten, spielend aus dem Tal. Ich weiß nicht, was ich spielte; mir selbst war's unbekannt; und doch flog ich darin fort, als entführte ein Gott mich in seinem Mantel: mich, die nicht mehr Mnais war, und die Häuser und Wege und Geschöpfe, die ich kannte, lägen klein dort unten — und auch das Herz, das mein gewesen war, dort unten ... Als ich mich umsah, stand ich im Dorf, und um mich her waren alle Nachbarn. Auch die Mutter erblickte ich und wunderte mich, daß sie mich nicht schmähe, sondern lächle, als machte ich ihr Scheu. Es murmelten aber Stimmen:

„Mnais ist wohl einem Gotte begegnet. Laßt sie allein."

Sie wichen zurück. Als Krupas vorbeikam, sah ich seine Stirn so voller Falten, wie wenn sich im Tempel der innerste Vorhang bewegt.

Da stieg ich, immer spielend, zum Vorgebirge hinauf, wo der Himmelsrand lang und hell ist zwischen zwei singenden Pinien und Pan auf das Meer hinab lacht.

„Du lachst, Pan," sagte ich, „Mit dir lacht das Meer und die Erde; und ihr habt wohl recht, denn zu vielem Guten taugt alles Geschaffene. Nur Mnais ist glücklos und schlecht. Lache ihrer und nimm ihre Flöte." Ich hängte sie ihm um, bekränzte ihn frisch und ging.

Über den blauen Wäldern begann, als es Abend ward, das weiße Haus des Faustus zu glänzen. Immer mußte ich hinaufsehen, und alle Wege führten ihm entgegen. Nun unterschied ich Säulen und nun Rosengewinde. Wie ich aber am Gartentor ankam, war auch die letzte der hohen Marmortreppen von Laub verschlungen. Umsonst suchte ich sie wieder, am Ende aller Lauben, von den Schultern der Brunnenreiher, aus den Kronen der Bäume, die ich bestieg. Entrückt ist er, liegt den Freunden im Arm und weiß nichts von Mnais. In einem Dickicht schlief ich ein, obwohl aus dem Finstern mich Augen anfunkelten; erwachte beim Grauen und horchte: aber nur Ratten pfiffen zwischen nassem Gestein. Er kam nicht! Er kam nicht in der Nacht, nicht am Morgen und bis zum Abend nicht. „Sie haben ihn mir geraubt für immer!" Aber im Dunkeln fand ich ihn neben einer Steinbank hingestreckt; Füchse berochen ihn; — und ich kniete nieder, legte seinen Kopf mir in den Schoß und behütete, den Fledermäusen wehrend seinen Schlaf.

So trieb ich's; im Dämmern erst kam ich; und nur dem Schlafenden, nur dem trunken Heimtastenden näherte ich mich. Einst sah ich ihn, der unter dem Handrücken hervorblinzelte, und um ihn her auf der mondblauen Wiese war ein Ring tanzender Nymphen, deren harte kleine Vogelstimmen ihn neckten und lockten. Das Herz entsank mir. Aber ungestüm brachte Zorn es mir zurück und ich stürzte vor. Da entflohen die Nackten mit Gekreisch, und bewußtlos sank Timander an diese Brust.

Eines Abends dann: nichts ahnend trete ich auf die Lichtung vor sein Haus, da steht er mit vielen Freunden, alle stumm, und hoch auf dem Gerüst, hell und schön, ich selbst: ja wirklich, die Form der Mnais, halb aus dem Marmor getreten. Schon hatte ein Ach mich verraten und sie holten mich Erschrockene herbei.

„Willst du einen Krug?" fragte Timander mich, „du hast mir Glück gebracht. Die Freunde loben dein Bild und verlangen es von mir in Stein. Ich gehorche. Gehorche auch du und lege dein Kleid ab."

„Vor uns allen?" sagte Crassus. „Man sieht, Timander, daß dir die Frauen mit nichts gefällig sein können als mit ihrem Umriß. Was sie sonst etwa noch zu verschenken haben, gönnst du jedem."

Ich aber, meiner Schande mir bewußt, streifte mit einer Begeisterung, die mir schwindlich machte, das Leinen von meinen Gliedern ... So stand ich und bot mich preis. „So will ich stehen bleiben," dachte ich; „will mich nie mehr rühren. Mnais lebt nur noch in der Hand des Timander, die an ihrem Nacken feilt und dabei ihre Brust umspannt." Ja, ich fühlte in meinem Fleisch den Druck, die Wärme, den Schlag seiner Hand, die den Marmor bearbeitete. Noch oft geschah mir's so, und jedesmal war ich nachher an allen Gliedern wund durch seinen Hammer und glücklich: von einem aufzehrenden, bösen Glück, nach dessen Heilung ich weinte, Tage und Nächte mit Tränen vollweinte, deren er nicht achtete.

Eine andere ward ihrer inne: Rhus, die Zauberin. Sie rief mich an, wie ich vorüberkam. Ich wollte laufen, aber ich hörte:

„Du liebst den Timander!"

Und da mußte ich stehen bleiben.

„Ich wußte es," sagte Rhus. „Als ich dich zu ihm schickte, war mir bekannt, welches Geschick dir die Götter bestimmten. Willst du nun, daß er dich liebt?"

Ich drehte mich nach ihr um; aber sehen konnte ich sie nicht, wegen der hervorbrechenden Tränen.

„Dann geh' und bring' mir ein trächtiges Schaf."

Ich holte es eilends. Als ich zurück war, lagen die Erdstufen mit den Ölbäumen im Abendschatten. Die Pforte zu Rhus' Gärtchen war aus einem einzigen Brett, das ächzte wie in einem bösen Traum; und ungewiß, wie weiße, tote Augen, blickten die Beeren des unbekannten Baumes herüber: ja, wie Augen von Erdrosselten. Das Haus, hoch und schmal, hatte als Rückwand den Felsen, war grau wie er, und steingrau umarmte es der tückische Baum. Ganz in Fels und Baum stak das Haus; aus dem Fenster sah der Ast, der zur Tür hineinwuchs; und deutlich gewahrte ich, daß aus seinem bleichen, schlaffen Laub ein Gesicht sich neigte, das alte Gesicht der steingrauen Dryade.

„Rhus!" rief ich in Angst, aber sie kam nicht.

„Rhus!"

Da sprach ihre Stimme von oben aus dem Ast:

„Erhebe deine Hand!"

Ich tat es; meiner Hand schauderte, denn klebrig und kalt waren die weißen Früchte, kalt auch und biegsam wie Schlangen die Blätter, und über meinem Scheitel, im Laub, umspannte meine Hand ein Gefäß.

„Verschütte nichts!" sagte Rhus' Stimme.

Behutsam hob ich's herab; es war voll fast bis zum Rand, glänzte dunkel und duftete herb.

„Gib es ihm zu trinken," sagte Rhus' Stimme. „Er wird sterben, aber vorher wird er dich lieben ... Zittere nicht! Denn was du verschüttest, ist Liebe, die du nie schmecken wirst ... Sein Tod macht dir Angst? Du stürbest lieber selbst? So stirb! Und dein Lohn soll sein, daß er dich liebt, sein Leben lang nur dich, ob auch längst Mnais' Adern erstarrten und in ihren lieben Augen kein Licht mehr wohnt."

„Was wird geschehen?" fragte ich, und Kälte überzog mich. „Muß ich denn wirklich den Tod erleiden?"

Rhus' Stimme erwiderte:

„Schweig' und folge! Wo nicht, verschütte immerhin den Saft! Die Erde trinkt ihn und Timanders Liebe ist begraben."

„Was soll ich tun, Rhus?"

„Steige hinab ins Haus, stütze den Kopf an die Wurzeln des Baumes und dann trinke!"

Da setzte ich den Fuß an und ging Schritt vor Schritt dem Hause zu. Meine beiden Hände waren um die Schale und meine Augen fest auf ihr, daß kein Tropfen herausfalle; aber in meinen Ohren waren auf einmal lauter Stimmen, von Tieren, von sanften Frauen, die aus den Ölbäumen herausgetreten waren.

„Mnais," sagten ein Nachtvogel, der meine Wange streifte, und ein Zweig, der mich an der Schulter berührte, „Mnais, verschütte den Saft und behalte dein süßes Leben!"

Und mir zu Füßen flüsterte es:

„Ich bin nur ein kleines Gras und dein Fuß kann mich töten. Ist er aber an mir vorbeigegangen, dann lebt noch immer Pans Atem in mir und glücklicher bin ich dann als Mnais, die starb und von Timander geliebt wird."

Ich aber verschloß meine Ohren und stieg, den purpurnen Himmel und die warme Erde meidend, von der Schwelle ins Haus hinab, Stufe nach Stufe, in mein Grab; und am Ende meiner erhobenen Arme, bedächtig, daß ich nicht ausgleite, und sorgsam, daß kein Tropfen zu Boden falle, trug ich meinen Tod vor mir her. Die Wurzeln des unbekannten Baumes waren schlüpfrig wie Eis; und als ich ihnen rückwärts meinen Hals zubog, schlossen sie sich darum wie Zangen. Ich erschrak, hatte Furcht, meine Hände möchten zittern, und trank; trank und starb.

Und ich erwachte und sah zu meinen Füßen Timander. Über sein Gesicht, zu mir erhoben, floß der Mond. Er floß auch auf Wiesen und Hecken und von der Schwelle seines Hauses: lautlos und bleich. Timander dachte, lautlos:

„Nur dich lieb ich auf Erden! Was sind mir die Freunde! Ich möchte frei sein, um mit dir mich zu verbergen."

Und ich antwortete ihm mit meinen Gedanken:

„Ich habe dich lieb, Timander!"

Er dachte wieder und ich verstand ihn:

„Mnais ist verschwunden, Niemand hat sie gesehen. Ein Gott, sagt man, hat sie entrückt. Ich kenne den Gott: er bewegt meinen Meißel. Ihre süße Seele ist nun in meinem Werk: drum kann sie nicht mehr unter den Menschen umhergehen."

Da bemerkte ich, daß seine Hände meine Knie umfaßten und daß ich's gar nicht fühlte; sah seinen Mund auf mich zukommen und empfand nicht seinen Druck; und erkannte, daß ich steinern sei. In mir entstand ein Quell von Tränen, deren keine einzige hinausdurfte, und unter den Tränen antworteten ihm meine Gedanken:

„Es war gut, Timander, daß ich für dich starb."

*

Soll ich herabsteigen? Zu dir, Knabe, der in jeder Nacht, trotz den Wächtern, trotz den eisernen Stacheln sich über die Gartenmauer wagt, um im Geheimem während der Mond um mein Gebüsch her flimmert, zu mir zu beten? Du liebst mich, und mich liebte Timander. Glaube nicht, du seist der erste. Wohl seufzte Mnais, solange sie ihrer süßen Glieder sich freute, umsonst nach des Timander Herzen; seit sie aber als Stein verwittert, fiel ihr seins zu und das anderer Männer und deins. Willst du davon hören? Du, dessen im Monde schmachtendes Gesicht ein wenig dem des Timander gleicht? Vielleicht kennen sich eure Seelen. Ich will dir erzählen, und es wird mir, quäle ich dich ein wenig, scheinen, als quälte ich den Timander.

Kein treuerer Liebhaber hat einer Sterblichen gelebt. Er wachte zu meinen Füßen und schlief im Grase, in das er mich bettete, auf meiner Brust. Nicht ermüdete ihn die Kälte meiner harten Glieder; sondern tief in den unbeweglichen erriet und fühlte er die Schauer von Mnais' wandelbarer Seele: und doch war sie ihm einstmals nichts als eine scheu und neugierig vorgeneigte Fremde gewesen, eben nur vom Wert der Tonerde, in die sie ihre Hand drückte. Begreifst du's? Ich nicht. Nur eine mitleidige Lust machte mir der Fall des Stolzen; und glücklicher liebte ich ihn, da ich seiner in meinem Herzen ein wenig spotten, ihn ein wenig verachten durfte.

„Du starbst für mich?" fragte er und suchte in meinen erblichenen Augen. „Sag' es mir, meine tote Nymphe!"

Aber ich verschloß mein Herz, damit es nicht denke:

„Es ist gut, Timander, daß ich für dich starb."

Seine Freunde kamen, seine Herren, und wollten ihn zurückholen. Einst überraschte Crassus ihn, wie er sein Gesicht an Mnais' Herzen geborgen hatte, trat unhörbar im Grase herbei und schlug ihn. Timander fuhr herum.

„Vor dieser!" rief er schrill und fuchtelte.

„Sie sieht nicht;" und Crassus verhöhnte ihn für seine Liebe zum fühllosen Stein. Dann umschlang er meinen Geliebten und bat. Timander setzte sich auf meinen Sockel und schloß die Augen. Er widerstand wie eine Frau. Crassus ward zornig, ging fort und drohte ihm mit Faustus dem Herrn. Der kam: ein fetter Alter, auf zwei Sklaven gestützt, der laut atmete und übel roch. Er zwinkerte dem Crassus zu und sagte, ich gefalle ihm, er wolle mich hinauf nach dem Hause tragen lasen. Vergeblich warf Timander sich ihm zu Füßen.

„Ich will dich freilassen," sagte Faustus. „Aber dein Werk gehört mir."

Als er fort war, fragte Timander mich:

„Soll ich dich zerschlagen?"

„Tu's, Lieber," sagte ich. Er aber:

„Faustus würde befehlen, mich mit Ruten zu peitschen."

Und er ließ es. Ihr Zärtlichen duldet wohl nicht gern Schmerz? Ei sieh! Ihr möchtet, daß man für euch stürbe, zum zweitenmal stürbe; aber die Rutenstreiche, die es euch kosten würde, reuen euch!

So stand ich nun, auf der Seite, wo das ruhelose Meer sie bespült, am Gipfel der weißen Treppen, umschwankt von Rosenketten, umwirbelt von Weihrauch und umdunstet von Wein, von Gewürzen und gesalbten Knabenleibern. Aglaë, eine Flötenspielerin, die ich Lebende gekannt und wegen ihrer Feilheit beschimpft hatte, lehnte sich an mich, an diesen jungfräulichen Leib, und ließ sich von Trunkenen küssen. Nur wenn am fahlen Morgen alle im Schlafe röchelten, konnte Timander, ein Freigelassener, der die Freiheit fürchtete, über sie fort bis vor meine Knie kriechen. Eine Dirne riß ihn um, dem die Lider sanken; — und über dem üblen Atem jeder sterbenden Orgie verharrte Mnais, den windigen Morgen auf ihren spiegelnden Hüften, hoch und allein.

Noch immer sah ich meine Glieder rein und glatt; und jene welkten, verschwanden, wechselten. Timander war nicht wie sie und nicht wie ich. Alt war er und jung zugleich. Ihm hingen nun graue Strähnen im blonden Haar, und sein müdes Gesicht war das eines Knaben, der zu lange gewacht hat. Er konnte noch schmollen, lispeln, schelmische Streiche ausdenken; und die Fremden, Neuen verachteten ihn dafür. Nur Mnais verstand ihn. Einst kam ein Mächtiger, dem Bewaffnete voranschritten; und Timander stürzte aufgeregt herbei.

„Crassus, du bist's?" — atemlos vor Glück.

„Auch du noch da?" sagte kalt der Mächtige. Keinen Lorbeerkranz mehr trug er; aber in seinen verwitternden Falten, im Winken seines Fingers selbst war der Ruhm. Timander ließ die Arme sinken.

„Du bist gewichtig geworden, Crassus," sagte er, schüchtern spottend, „und nicht jünger. Altern wir denn wirklich? Diese hier" — und er zeigte auf mich — „bleibt doch dieselbe!"

„Noch immer der Narr," erwiderte Crassus, „der Spieler!" Timander aber:

„Spielt nicht auch ihr? Ich habe nie verstanden, wie ihr euch ernst nehmen konntet! Weißt du wohl noch, als ich einmal zu euch gesprochen habe wie ein Tribun, weil ihr einen unschuldigen Sklaven gekreuzigt hattet? Ihr wolltet mir zürnen. Ich hoffe, du zürnst mir nicht mehr. Ist nicht alles nur Ton, worin wir spielend nach Göttern suchen?"

Crassus blickte auf mich. Dann nickte er dem Timander zu.

„Eins gelang dir. Treibe es in deiner Art und lebe wohl!"

Er sprach zu ihm gnädig und mit Ungeduld, wie zu einer Frau, die man nicht mehr begehrt; und er wandte sich weg.

Ich aber, die den Timander alt und verlassen sah, gedachte in meinem Herzen meiner verlorenen, warmen und süßen Glieder, die von der Sonne in Gold gebogen, vom Quell kühl und hart gemacht, vom Schatten mit den Abbildern kleiner Blätter gesprenkelt wurden; und erschauerte in neuer Angst, weil sie so lange schon vermodert waren im Hause der Rhus, und bald nun auch Timander in Staub fallen sollte. „Armer!"

dachte ich. „Besser in Stein gekerkert fortdauern, als mit dem Fleisch das süße Leben lassen müssen!" Timander aber nahm das Kinn aus der Hand, steckte sie in die Brustfalten seines Kleides und trat vor mich hin.

„Dennoch," sagte er, aufgerichtet, „bin ich's, der dich machte!"

Auf seltene Art aber starb er und schöner als die meisten. Denn als Barbaren uns überfielen, die anderen alle in verzweifelter Gier, die Neigen des letzten Festes noch im Hals, durch Schwerter dahinsanken wie sonst durch Kelche, und um mich her Blut dampfte statt Wollust: da lehnte sich mit ausgebreiteten Armen an Mnais, die ein Wilder bedrohte, Timander — und ließ sich durchbohren und vergoß sein Blut über Mnais Timander. Bist du zurückgekehrt, Timander? Stehst vor meinem Gebüsch, um das der Mond flimmert? Lange erwarte ich dich. Timander, ich habe dich lieb, und es war gut, daß ich für dich starb!

Nicht lieblich waren, seit du mir entschwandest, meine Tage. Ich ward übers Meer gefahren und trauerte in einer Ebene unter den Resten von meines Herrn Reichtümern, versank, indes ich meinen Bauch verwittern und meine Hüften rauh und grün werden sah, Zoll um Zoll in Gras und Sand. Ein Mensch in einer braunen Toga, mit einem Strick um den Leib, zog mich hervor, und als er viele seinesgleichen herbeigeholt hatte, betrachteten sie mich mit gierigem Haß, schmähten und steinigten mich. Dann berieten sie, zerrten mich in eine Stadt unter viel Volk, hängten mich in Ketten auf und lasen mir mein Urteil von Pergamenten. Die Zauberin Diana nannten sie mich. Der mich hervorgezogen hatte, ein abgezehrter Junger, war der Vergiftetste, in seiner Bosheit Häßlichste. Er zerbrach meinen Arm. Des Nachts aber, in die einsame Grube, wohinein sie mich geworfen hatten, brachte er mir meinen Arm zurück, küßte mich und legte sich, mit den Zähnen klappernd, zu mir ... Aber jenes Volk behauptete, ich sei sein Unglück, und es trug mich auf das Gebiet seiner Nachbarn und scharrte mich darin ein.

Wie lange wohl meine lieben Augen begraben geblieben sind? Als wieder die Erde von ihnen abfiel, erblickte ich sehr bunte, laute Menschen, und ihr Herr, Einer im goldenen Brustpanzer mit einer schreienden Medusa darauf, umarmte mich und rief lärmend, er wolle sich mir vermählen. Wo wir vorbeikamen, waren Altäre erbaut, kniete Volk und schwangen erzene Klänge durch die Luft. In einem Saal, beim Mahl, wo es nach ganzen Schweinen stank, die vergoldet waren, dachte ich der weißen Säulen des Faustus, zwischen denen einst Weihrauchkreise zu mir aufstiegen, und des gemessenen Crassus und des anmutigen Timander — und Verachtung entrückte mich diesen, die mich lieben wollten.

Sie starben; und andere führten die Nymphe, die Diana, die Waldfrau oder Aphrodite in ihre Galerien, ihre Gärten, maßen sie durch Gläser, zeichneten sie, verkauften sie und schwärmten sie an; — und immer war's doch nur Mnais, eine Hirtin, die scheu und demütig sich über die Hand des Timander beugt, des Jünglings, den sie lieben wird.

*

Soll ich herabsteigen? Würdest du sehr erschrecken, wenn ich's täte? Ach, der Mond verrinnt; schon bespült er nur noch den Rand der runden Steinbank um mich her, und meiner Nische und des Gebüsches, das von Morgenluft zu rascheln beginnt. Gähnend würde der Wächter nahen, würde uns überraschen und dich fangen, Knabe. Drum flieh, eh' es Tag ist, damit du zur Nacht wiederkommen kannst. Mnais erwartet dich. O, sie fürchtet nicht, daß du ausbleibst. Von der Art des Timander bist du, und nicht wird ein Mädchen, das noch seiner warmen Glieder sich freut, dich mir wegnehmen. Deiner toten Nymphe gehörst du. Laß immerhin deinen liebenden Atem meine kalten Glieder bestreichen... . Aber du hörst mich wohl nicht mehr? Erstirbt schon, da die Vögel erwachen, meine Stimme? Schon zweifelst du wohl, daß ich's war, die so lange zu dir sprach? Aber ich war's, Mnais, eine sizilische Hirtin, die den Timander liebte, die er liebte, und die von vielen geliebt ward. Hörst du? Aglaë, die Flötenspielerin, spottete einst, als wir, noch unerwachsen, unserer Väter Schafe hüteten, meiner zu schmalen Glieder, meines langen Halse. Längst ist sie bei den Schatten; Mnais aber liebst du, Knabe.

Soll ich herabsteigen? Nein, flieh, lebe wohl, setze behutsam die Sohlen auf den Kies; — und eilst du an der schrägen Wiese vorbei, auf der in den geröteten Himmel Pegasus die Flügel breitet, dann hüte dich, ihm zu nahe zu kommen, damit er dich nicht ergreift und mit sich reißt. Denn dies ist die Stunde, da er auffliegt.

Ginevra degli Amieri

I.

Ich bin erwacht und fürchte mich fast, die Augen zu öffnen, und fühle ein fremdes, weites Dunkel um mich her. Messer Faustos Atem? Nichts — nur eine betäubende Stille, wie der lange Nachhall langsamer, unhörbarer Schritte ... Warum sind meine Hände gefaltet? Ich schlafe nie auf dem Rücken und mit gefalteten Händen. Leise die Lider gelöst: das Fenster bei meinem Bett, es ist fort. Wo bin ich!

Das, worauf ich gelegen habe, ist umgefallen, wie ich so hastig aufsprang. Was ist es? Kein Bett: eine Bahre! ... Die Ungeheuer! Sie erheben sich grau aus der Nacht und blicken von Turmhöhe aus weißen Augen. Ach, es sind Pfeiler, und aus langen Fenstern kommen eckige, weiße Stücke Mondes darauf. Hilf Himmel, ich bin im Dom! Und bin, nun weiß ich's wieder, gestorben!

... Es klirrte etwas, deucht mich, als ich vor Schrecken nochmals auf die Bahre sank. Meine Spangen! Aber es sind nur die mit den Amethysten. Er hat sich gehütet, mir die anderen mitzugeben, die mit den Karfunkeln. Habe ich etwa mein Kreuz am Hals? Nein! Das große Edelsteinkreuz! Das ist zu stark! Ich will ... Jesus, ich bin im Zorn ausgeschritten und wage mich nun nicht mehr zurück. Wie ich mich fürchte! Ich hätte nie gedacht, ich würde zu diesen Toten gehören — die wiederkehren, Einen Schritt noch, Ginevra? Hilfe! ... Eine Gestalt, ich sah sie deutlich, flog durch die Luft auf mich zu ... Nein, es ist der Kruzifixus an der Kanzel; und er hält ganz still. Nur die Dunkelheit bewegt alles.

Aber die Knie sind mir unsicher geworden; ich will mich setzen, unter seine gekreuzten Füße, auf das Ende der Bank.

Ich habe, was mir geschieht, verdient, o Herr. Das ist wohl wahr; denn ich lästerte dich! Aber gib auch du zu, die Liebe ist hart! Warum mußte ich Raniero lieben, da es doch Sünde und ganz unnütz war? Du weißt, auch wenn du mich am Leben gelassen hättest, ich würde mich doch ihm nie gewährt haben. Obwohl andere dergleichen tun: und du

strafst sie weniger schwer als mich, die so tugendhaft war ...
Willst du mir wohl sagen, was dies alles sollte?

Ich warte.

Im irdischen Leben heißt's immer: Das werden wir jenseits erfahren; und: Darüber reden wir droben. Nun sprich! ...
Ich wußte wohl, du würdest nichts vorbringen können zu deiner Rechtfertigung. Du hast mir zu viel auferlegt, du darfst dich nicht wundern, daß ich versagte. Hatte ich doch genug an Messer Fausto, meinem Mann, und seinen Schlägen, und daß er mir meine Tugend nicht glaubte! Immer: „Du liebst ihn!" Ich sagte: „Nein! Schlage mich, aber ich liebe ihn nicht!"
Wäre das Nein wenigstens die Wahrheit gewesen! Leider war es Ja ... Er darauf: „Mich liebst du auch nicht! Was liebst du denn?" Und ich: „Ich liebe dich, wie ich es dir schulde, —
und liebe auch die Stirnkettchen, die Messer Ugos hübscher Sohn verfertigt." „Ihn, den Sohn liebst du!" „Nein! Ich habe ihn niemals gesehen!" Und so war es. Aber ich hatte mit Absicht von Messer Ugos Sohn gesprochen, verführt durch einen seltsamen Kitzel, weil ich wußte, nun werde Messer Fausto mich nochmals schlagen. Denn er schlug mich, sobald ich nur den Namen irgendeines Mannes aussprach. Warum aber tat ich es, mußte es tun, und drängte mich heran zum Schmerz? Das erkläre, Herr, warum du so viel Leiden bestimmtest für eine Unschuldige!

„Ich will dir die Ketten für die Stirn kaufen," sagte Messer Fausto, als er vom Schlagen müde war. „Damit du mir keine Hörner daransetzest. Du mußt gerecht sein: ich tue, was ich kann." Ich antwortete: „Gewiß. Ich werde es niemals tun."
Und ich wollte es auch nicht. Damit in der Frühe, wenn ich zur Heiligsten Annunziata ging, die Madonna Eletta den Finger ausstreckte und sagte: „Seht die Heuchlerin! Sie hat mich mit dem Gino ins Gerede gebracht, und sie selbst schläft mit dem Raniero!" — Es ist schon wahr, daß ich es von ihr gar nicht wußte. Aber was wußte denn sie von mir?
Und redete doch, hinter meinem Rücken. Wäre es wahr gewesen, was sie sagte, ich hätte mich so schwarz gefühlt wie die Mohrin hinter mir, Herr, die meinen Gobbo, den Papagei, trug. So aber hing mein Brokat (und um den beneidete sie

mich doch nur) über den Malen, die mein Mann mir geschlagen hatte, und ich war eine Gerechte. Und Don Vinante, mein Beichtvater, wußte es wohl, und außer Messer Fausto, meinem Mann, den die Eifersucht irr machte, zweifelte keiner an meiner Tugend, und allen, die sündigten, durfte ich mitten ins Gesicht sehen. Und wenn Raniero im Hof der Kirche stand und falsche Seufzer ausstieß, ging ich hoch vorbei, den Blick gradaus, und hatte einen großen, starren Genuß: „Du wirst dennoch nie erfahren, daß ich dich liebe! Die Liebe ist hart; aber ich bleibe standhaft, du gewinnst nichts. Du bist böse, bist dazu eingesetzt, mich zu verderben. Ich hasse dich! ... Ja, das dachte ich, o Herr. War das nicht recht und löblich?

Zu Hause mußte ich mich dann wieder sehr quälen. Warum? Heißt das gerecht? Für so viel guten Willen? Ich nahm meine große Puppe aus der Truhe und drückte sie ans Herz. „Verzeih," sagte ich zu ihr, „daß ich dich schon zwei Jahre nicht mehr ansah!" Du weißt, Herr, ich hatte sie noch nicht zwei Jahre weggelegt; und sie war vom Fest in Venedig und war mitten auf der Piazza ausgestellt gewesen in der Tracht, wonach alle Frauen das ganze Jahr sich richten sollten. Mein Vater besuchte gerade die Filiale seiner Bank, und er kaufte die große Puppe für eine Menge Geld. Ich machte alle Mädchen neidisch mit ihr und liebte sie darum sehr ... Nun aber war alles anders, an die neidischen Mädchen dachte ich nicht mehr; wie ich die Puppe an mich zog, fühlte ich's, als würfe sie mir beide Arme um den Hals; mir ward ganz heiß, ich herzte sie immer und sagte: „Du kommst nicht aus Venedig vom Markt, du sollst von Raniero kommen! Ich habe dich von ihm, du bist sein Kind, hörst du, das will ich, das soll sein!" Und dann sprang die Angst vor der Sünde in mir auf, und ich warf die Puppe mit dem Gesicht auf die Erde, und mich mit dem Gesicht aufs Bett, daß wir einander nicht mehr sähen, und jammerte in das Kissen hinein: „Nein, ich will nicht, ich will kein Kind von ihm!" Und klagte bis in die Nacht. Und Messer Fausto, mein Mann, kam und schlug mich wieder — und hatte auch recht. Ich schrie wohl, damit er aufhörte: „Warum haben wir keine Kinder!" Aber ich wußte doch, das sei Gottes Sache.

Was sollte ich tun? Muß man denn einen Menschen lieben, wie diesen Raniero? Einen gewöhnlichen Angestellten in der Bank meines Vaters. Einen, der die Geschäfte versäumt, auf den Wiesen am Mugnone im Grase steht, stundenlang, wie ein Storch, und dann, ganz blaß, bis vor mein Haus schleicht? Einen, der schon längst fortgeschickt wäre, wenn ich nicht für ihn gebeten hätte, oder vielmehr für die alte Mutter, die von ihm lebt. Denn das tat ich, Herr, und war es nicht fromm und barmherzig von mir, für meinen Feind zu bitten? Nun erkläre mir aber: wenn mein Bruder sich so anstellen würde in unserem Bankhaus, ich würde ihn verachten! Und diesen muß ich lieben! Soll er doch verdienen und eine Frau nehmen, wie es sich geziemt. Aber auf mich hat er es abgesehen! Und fordert meinen Mann zum Zweikampf heraus. Denn das hat er getan, Herr, und es ist eine solche Albernheit, daß sogar du gelacht haben mußt: wenn du Art und Figur Messer Faustos bedenkst.

Und dann hat er ihn auch noch verschont! Herr, du magst sagen, was du willst, aber es ist natürlich, daß ich wünschte, nun möchte es einmal um sein. Messer Fausto hatte mich blau geschlagen; ich wünschte, mögen sie sich gegenseitig umbringen. Dann aber: Nein, nur Raniero! Denn ich kann es dir schwören, Herr, bei deinen eigenen Wunden: nicht Messer Fausto wollte ich tot sehen! Er kam auch zurück; es war nichts geschehen; und ich kriegte Ohrgehänge und eine Straußenfeder mit lauter Edelsteinen geziert, die konnte ich zur Kirche tragen. Aber alle wußten schon, wenn sie meine Geschenke erblickten, dann war ich geschlagen worden ... Und da dachte ich, das ist wahr: Warum hat Raniero nicht lieber zwei Kerle geschickt, die ihn anfallen? Und ich habe sogar den Don Vinante beredet, daß er in seiner Unschuld etwas angerichtet hat, daß Messer Fausto vor San Frediano hinaus mußte. Und das ließ ich dem Raniero berichten durch einen Bettler, der nicht sagen durfte, wer ihn schickte, und ließ ihn in verdeckten Worten zu einem Streich auffordern.

Da sieh nun, Herr, wie weit du es mit mir getrieben hast! Eine Gattenmörderin und auf dem Rade, so hätte ich enden können! Wenn ich nicht deine Mutter angefleht hätte, als

Messer Fausto vor der Stadt und in Leibesgefahr war: die hat das Schlimmste verhütet. Ich aber schwur damals in der Not, es möge daraus werden, was immer, Schande und Tod: — ich wolle doch, so lange ich lebe, dem Raniero nicht angehören. „Die Liebe hat mich so elend gemacht; ich will mich an ihr rächen!" Ich war von Sinnen, und die beiden Tauben, die vor meinem Fenster einander liebkosten, die ergriff und erwürgte ich! Und als ich's tat fühlte ich meine eigene Kehle unsichtbar umklammert und schloß die Augen und mußte mich an die Fensterbank stützen, ich wäre sonst umgefallen.

Wie nun Messer Fausto zurückkehrte und es der heilige Samstag vor Ostern war und aus dem Tor des Domes der Festhall kam wie eine Wolke mit Engeln darauf, da sprach es hinter meinen gesenkten Lidern, und, Herr, ich konnte nichts dafür: „Sie feiern ihn, der die Liebe ist und sich hat kreuzigen lassen. Er will, daß auch ich lieben und dafür sterben soll. Und ich sträube mich nicht. Aber ruchlos und abscheulich ist's, daß er aufersteht und auch das von mir erheischt. Wer glücklich tot ist, der sollte es bleiben dürfen und endlich in Sicherheit sein vor der Liebe und dem, der die Liebe ist!"

Mit diesen Gedanken war ich dicht vor das Tor gelangt, und plötzlich erweiterte es sich wie ein Mund, ich fühlte seinen Atem auf meiner Stirn brennen, und eine ungeheure Stimme, eine Orgelstimme, schrie: „Du sollst sterben und wiederkehren vor allen anderen und zugleich mit mir. Schon morgen sollst du wiederkehren, sollst sehen, wie alle meinem Auferstehen zujauchzen, das du gelästert hast. Bei deinem aber soll dich frieren, und du sollst große Reue haben!"

Alle müssen es gehört haben, so laut ward es geschrien! Warst du das, Herr? Wohl; denn du hast's wahrgemacht. Dann erkläre mir aber, was eine Frau zu bereuen hat, die ihren Mann nicht betrügen und seine Geschenke nicht verlieren und von den Leuten nicht mit Fingern gezeigt werden wollte. Sollte ich etwa Schande und Armut auf mich laden, weil es irgendeinem Menschen einfiel, mich zu lieben? Zwar liebte auch ich ihn. Warum aber bestimmtest du dies so? Und vergingst dich dadurch gegen die bürgerlichen Regeln? ...

Heute ist Ostern, und wir sind beide auferstanden; nun erkläre diese Dinge!

Aber du schweigst. Du hältst nur den Kopf auf die Schulter geneigt und siehst mich kaum, so tief sind deine Lider herabgelassen Hörst du's wenigstens, wenn ich gegen deine Füße klopfe? Ach nein; du seufzest nur und legst den Kopf auf die andere Schulter. Mich hast du hierher bestellt, und du selbst schläfst lieber noch etwas!

Wie ich verlassen bin und abgeschieden von allem, allem. Mich friert; ich habe keinen Mantel und nichts, wohinein ich mich hüllen kann; nur das große, weiße Leinentuch von meiner Bahre.“

II.

„Nun bin ich draußen, und weiß nicht, wie ich herkam. Ich strich so lange an den Wänden entlang im Dom, bis ich auf einmal herausschlüpfte. Die Stelle könnte ich nicht wiederfinden. Ich begreife nicht, was mit mir geschieht, und mir ist sehr bange. Habe ich nicht eben noch unserem Herrn getrotzt? Jetzt sehe ich wohl, wie alles unsicher ist und voll von Geheimnissen. Ist denn dies der Domplatz, auf dem am Mittag die Weißen und die Schwarzen einander Hohnreden zurufen und die Händler die Bänder und Kuchen feilbieten? Über den mit stolz gesenkten Augen die anständigen Frauen wandeln? Jetzt ist Ginevra bange, wenn sie auf diese Quadern hinabstiege, sie möchte unter ihren Füßen weggleiten, wie Wasser.

Wagen mußt du's, du willst dich doch nicht auf die Stufen legen, wie eine Bettlerin. Trägt es mich? O! Es regt sich um San Giovanni her, auf den alten Gräbern! ... War's nicht's? Ich habe Furcht, ich, die selbst eine Tote bin! Aber die in jenen Särgen sind Heiden ... So also ist denen zumute, die wiederkehren. Alles erschreckt sie, und sie wissen nicht, wozu sie kamen. Ich fühle in mir ein helles, kaltes Licht, das wacht in der Welt allein. Vom Turm schlägt es ein Uhr. Allein, ohne Zweck, und wer weiß, wie lange. Erlösche ich nicht, zergehe ich nicht? Bin ich nicht bloß am Mondlicht entzündet? Ich will in eine dunkle Gasse huschen, vielleicht ist's dann aus.

Du bist noch da, Ginevra. Immer an der Mauer hin; — dort geht eine Tür auf. Wenn sie mich sehen! Da schau, es ist das Haus Messer Tibaldos, und wer schleicht heraus? Messer Gino, — und durch den Türspalt lugt Madonna Eletta. Ist nicht Messer Tibaldo nach Pisa? Also hatte ich recht mit Messer Gino und Madonna Eletta? Ich dachte es gar nicht. Und er, er läuft vor mir davon! Ach ja, ein Geist. Was ein Geist alles sieht! ... Da bin ich vor Messer Faustos Haus. Es ist doch mein Haus, soll ich nicht klopfen dürfen? Wie lange es währt! Mich friert. Mach auf! O! seine Nachtmütze."

„Wer klopft?"

„Ginevra, Euer Weib."

„Wer?"

„Ginevra degli Amieri."

„Um Gottes willen, entweiche! Verschone mich! Ich schlug dich, ja; aber es war mein Recht, denn ich war dein Mann. Du darfst mich dafür nicht heimsuchen! Ich will Messen lesen lassen, damit du Ruhe bekommst."

„Er hat das Fenster zugeworfen. Wie seine Stimme vor Angst sich brach! Hätte er mich nicht einlassen sollen? Ich mag ein Geist sein, aber hat er nicht auch meine Seele geheiratet? Wohl nicht. Wozu aber muß eine Tote umhergehen? ... Ich will's bei meinen Eltern versuchen; es ist nicht weit.

Schon rühren sie sich. Ein Licht wandert durchs Haus. Die Mutter schläft wieder einmal nicht und wirtschaftet umher. Ihr ist's wohl leid, daß ich tot bin. Nun ist der Vater am Fenster, Vater!"

„Du schlechte Tochter! Warum erschrickst du deine arme Mutter. Du mußt wohl sehr sündig sein und hast darum keine Ruhe gefunden. Morgen sollen die Teufel gebannt werden aus dir. Aber tu deinen Eltern nichts an! Geh doch zu deinem Mann! Wir haben dich ihm gegeben und Geld genug dazu, so daß wir dir nichts mehr schulden!"

„Er hat den Laden angezogen und den Riegel vorgelegt. Die Mutter stand hinter ihm und rang die Hände. Wie ihr das schrecklich sein muß, daß ihr Kind, ihr so gehegtes, nun zu den Bösewichtern und irrenden Seelen in die Nacht hinausgescheucht ist! Aber auch der Vater hat recht; er hat für mich bezahlt, und ich habe keine Forderung an ihn. So allein ist man: ich wußte das nicht. Ich dachte, sie könnten mich schlagen, aber ich würde immer ein Bett haben. Sonst sperrten sie mich ein. Jetzt öffnet mir niemand ...

O, wo bin ich? Dort schleichen sie schon, die Bösewichter, dort unter dem Schwebebogen. Sie schleichen hinter einem, den eine Frau umschlingt. Sie küßt ihn: da greifen sie ihn. Die Frau hält ihn fest, damit sie ihn töten können. O, auch das war Liebe? Ich will schreien: Hilfe! Nun werden Sie mich — töten? Sie können's ja nicht mehr. Sie sehen mich: alle laufen davon. Ich habe einen Menschen gerettet. War ich dazu gesandt? Guter Mensch, höre! O, auch er läuft. Ich war ihm so dankbar, ich weiß nicht wofür. Aber er läuft vor mir weg.

Und nun? Was ist dies für ein Haus? Kennst du es, Ginevra? Du gingst mit Messer Fausto, deinem Manne vorbei, und er behauptete, du habest hinaufgesehen, und versprach dir Schlimmes. Du hattest es nicht; aber seither wußtest du, wo Messer Raniero wohnt, Übrigens, jetzt wüßtest du es ohnedies; die Toten kennen alle Plätze ... Dahin also sollte ich. Sonst habe ich keine Zuflucht und keine Bestimmung. Ich will klopfen."

III.

„Wer ist es?"

„Mich friert, öffnet mir!"

„Wer seid Ihr?"

„Ginevra."

„Ginevra ist tot. Geht in Frieden."

„Sie ist tot, drum kommt sie zu Euch. Lebte sie, sie käme nicht ... Ihr schweigt?"

„Ich öffne Euch. Tretet ein und folgt mir über die Treppe. Ich hebe das Licht ganz hoch, und Ihr seht, Madonna Ginevra, dies Haus ist Euer. Meine alte Mutter ist taub und sie schläft. Wir sind allein."

„Aber Ihr geht immer rückwärts vor mir her, Messer Raniero, und laßt mich nicht aus dem Auge. Nun stellt Ihr die Kerze so hin, daß sie mir ins Gesicht leuchtet, begebt Euch bis ans Ende das Zimmers und verschränkt die Arme. Ihr habt Furcht vor mir, auch Ihr! O, ich bin müde, und so kalt."

„Ich fürchte Euch nicht so sehr, als da Ihr lebtet. Arme Ginevra."

„Was sagt Ihr? Warum bleibt Ihr also dort hinten? Alles flieht mich, weil ich gestorben bin. Kann ich dafür, daß ich wiederkehre? Ich habe es nicht gewollt. Wer das gedacht hätte, früher in den wimmelnden Gassen, im lauen Gedränge der Kirchen, daß Menschennähe so kostbar werden würde!"

„Wollt Ihr mir die Hand reichen, Madonna Ginevra?"

„Eure Hand ist warm, Verzeiht: Ihr seid gut, daß Ihr mich zu Euch einließt. Draußen war es schlimm. Wie geht es zu, daß Eltern und Gatte mich fortschicken, Ihr aber, Messer Raniero, öffnet der Toten, die Euch doch nichts erwidern kann. Ich habe nie gehört, daß jemand umsonst gibt. Was wollt Ihr?"

„Ich will, Madonna Ginevra, daß Ihr Euch in meinen Stuhl setzt, so, und daß Eure Blicke alle diese Dinge neu und wohltätig machen. Vielleicht wird sich leichter leben lassen zwischen den Wänden, die Eure Stimme vernommen haben? Und dann ..."

„Warum sprecht Ihr zitternd und werdet so blaß?"

„Und dann laßt es Euch wohl sein im Frieden und kehrt nicht mehr wieder. Denn lieber will ich Euch missen, als daß Ihr um meinetwillen dieselbe Strafe erdulden solltet, wie im Pinienwald bei Ravenna jener nackte und immer gehetzte Geist, der einst eine gegen Liebe grausame Frau war."

„Das sind Lügen von Messer Giovanni Boccaccio, Ihr müßt ihm nicht glauben. Was wißt Ihr, ob denen, die wiederkehren, hier nicht doch wohler ist als drunten, Ihr habt mich ein wenig erwärmt. Dort ist's nicht gut sein. Mich schaudert; ich will nicht wieder hinab."

„Ihr wolltet lieber bei mir bleiben? Madonna Ginevra?"

„Wer hat das gesagt, Messer Raniero? Nur daß Ihr den Dichtern nicht alles glauben müßt, sagte ich. Aber Ihr seid

selbst einer, und Ihr stecktet mir im Hof der heiligsten Annunziata, während Messer Fausto einen unverschämten Bettler schalt, Verse in die Hand. Warum seid Ihr nicht eifriger im
Geschäft?"

„Ihr habt recht, denn die Verse waren schlecht."

„Sie waren lügenhaft. Ihr schriebt darin von einer Sklavin,
die Euch sehr teuer sei, und die Ihr dennoch um meinetwillen
verstoßet, und die darum zugrunde gehe. Was für Lügen,
Messer Raniero! Erstens, woher solltet Ihr eine Sklavin haben? Ihr seid der Sohn Messers Guido, der zum Handwerk
der Wolle gehörte. Hättet Ihr noch eine Geliebte gehabt, die
Frau eines Nobile, und sie, mir zu gefallen, verlassen!"

„Was wißt Ihr, Madonna Ginevra, frage nun ich. Was
könnt Ihr wissen. Hört mich an: ich habe Euretwegen so
Großes verlassen und verloren, daß niemand Größers er-
träumen kann. Bevor ich Euch erblickte, waren mir Taten
sicher, die von Harnischen glänzten, und bemerkte ich in mir,
wenn ich lauschte, das Quellen wundervoller Worte. Keine
Frau hatte sich mir verweigert, kein Reich mir widerstanden;
ich war ein nie besiegter Sänger und ein Held, dem nichts
verboten dünkte ... Das alles endete, als Ihr mir erschient, in
Kleinmut. Ihr waret endlich die, die meine Träume übertraf,
vor der ich sie, wie meine arme Magd, verstecken und vertreiben mußte. Ihr schicktet mir das Fieber einer Begierde, so
übermächtig, daß ich mich davor fürchtete, sie zu stillen. Ich
fühlte mich von einem Fluch geschlagen, lag keuchend da und
verwünschte Gott, weil Ihr am Leben waret! Das, Madonna
Ginevra, ist Liebe! In mir war's übervoll von vielem, das Euch
entgegenschlug, wie ein Herz, das von einer Armbrust flöge,
wie ein Blütenzweig, den eine Hand niedergebeugt hätte und
plötzlich schnellen ließe; — aber ich war stumm. Und die
heißesten Taten, die in mir geschahen, regten draußen, jenseits meiner Brust, nicht einmal so viel Staub auf, wie ein
Hund, der über die Straße läuft. Manchmal trieb ich ein ver-
zweifeltes Spiel, mir selbst zum Hohn, und stellte mich tüch-
tig. So forderte ich Euren Mann zum Kampf — und ließ ihn
unversehrt. Denn als ich ihm gegenüberstand, vernichteten
mich Zweifel: wer bin ich, und wie darf es mir einfallen, an

Dinge Eures Lebens zu rühren. Wie kann ich gegen Euren Willen Euren Mann töten. Wie Euch meinen eigenen Tod zumuten, diese lächerliche Beleidigung! Muß nur einer Eurer Atemzüge langsamer oder schneller gehn, weil ich Euch liebe? Ich kam mir tot vor, hört Ihr's? ich, und wie ein kraftloser Schatten. In Schattenspielen raubte ich Euch, durchjagte mit Euch die Welt, tötete, wessen Atem Euch nur anwehte. Seht Ihr den Boden dieses Zimmers etwa voll Blut? Und doch habe ich hier in mancher Nacht gewütet, bis ich selbst, voll Wunden und röchelnd, dahinsank!"

„Und so, Messer Raniero, habe auch ich ganz in irren Tränen abendelang die große Puppe geherzt, die ein von Euch empfangenes Lebendiges sein sollte, habe mich gesträubt und Euch in Sehnsucht gehaßt, bis Messer Fausto mir das Gesicht aus einem Kissen riß und mich schlug. So haben wir dasselbe Leben geführt, Messer Raniero. Ich höre Euch zu mit einer Freude, die mich zerreißt. Ihr seid gewiß noch schlimmer daran gewesen als ich selbst? Ich wähnte, Euch fechte nichts an, und ihr seiet nur dazu eingesetzt, mich zu verderben. Und ich habe unsern Herrn gelästert, weil er mir, nur mir die Liebe auferlegt hatte, für jetzt und ewig; und habe zu meiner Strafe Euch nochmals wiedersehen müssen, als arme Tote. Aber, nicht wahr, auch im Leben habt Ihr es recht schlecht, und nicht ich, die schon starb, bin die Unglücklichere? Sagt mir das! Daß Ihr sehr leidet! Mehr als ich! Dann will ich Barmherzigkeit an Euch üben und Euch lieb haben!"

„Es ist schön, mit Euch zu leiden, o Ginevra!"

„Ist mir das Leiden noch erlaubt? Einer Toten? Dann gebt es mir! O, Ihr gebt es mir! Oder ist es Lust? Ich weiß nicht mehr; ich bin eine irrende Seele."

„Ihr lebt, Ginevra! Nun die Sonne sich nähert, kann ich es erkennen. Ihr waret ein Schatten, jetzt aber seid Ihr dabei, erweckt zu werden. Ich weiß nicht, wer Euch erweckt."

„Die Liebe, Raniero, erweckt mich."

„Ihr tragt, Ginevra, auf Euren Wangen, die sich röten, den Abglanz des Ortes, woher Ihr zurückkehrt. Wie Ihr strahlt! Erzählt doch, was Euch dort geschah!"

„Seine Stimme kam von jenseits eines Feuers, das irgendwie so köstlich schien, daß das Herz darin zu baden wünschte; und er befahl mir, zurückzukehren und sie auf mich zu nehmen, die Liebe. Und sein Urteil klang wie Verheißung, und sang und harfte. Ich sehe das, Raniero! Gleichzeitig sehe ich den Himmel und meinen Geliebten!"

„Nun fühle ich euer Herz schlagen, Ginevra, und Euren warmen Atem und ... auch das Fleisch Eurer Lippen haben meine gefühlt. Ginevra! So ist es Leben und grenzenlose Erfüllung und soll nicht mehr schwinden? Ihr werdet immer in diesem Hause bleiben, kein Mensch wird wissen, daß Ihr auf Erden seid."

„Nein, alle sollen mich sehen, und wenn wir zur Kirche gehen, mich lästern und verdammen! Ich trage alles, so will es die Liebe. Ich werde Euch dienen, und Ihr könnt mich vertreiben, wenn Ihr meiner satt seid, wie Eure Sklavin."

„Hört doch, Ginevra, den klingenden Osterhimmel!"

„Mich töten, wie Eure Sklavin."

„Vernehmt Ihr meine Stimme, Ginevra? O, lehnt nicht Euren Nacken in Eure verschränkten Hände und haltet nicht Euer goldig überflossenes Gesicht den Überirdischen hin! Seid nicht mit Ihnen, seid mit mir! Ich ängstige mich!"

„Ich weiß jetzt, warum er wiederkehrte, und ich folge ihm nach. Es ist schwer und doch selig. Wir kommen wieder, um uns noch einmal kreuzigen zu lassen; und kämen immer wieder, so oft die schwere und süße Liebe es will."

„Ihr sinkt um! Ginevra, was ist Euch! Barmherzigkeit! Ihr verspracht sie mir! Euer Herz steht still. Waren denn, die ich fühlte, seine ersten und letzten Schläge? Seid Ihr nur gekommen, damit Ihr mich durch Fortgehen noch elender machen könntet? Hütet Euch, Madonna Ginevra! ... Wie denn? Ich war von Sinnen, als ich soeben an ihr zweifelte. Ich wußte wohl, daß sie in Tod zurückfallen werde. Sie ist mein, weil sie tot ist. Im Leben war sie meine große Qual, aber ich bin der, dem ihr Schatten hold ist. Sie wird wiederkehren, sich mir jede Nacht aufs neue beleben. Ich will sie nun zurücktragen, bis zur Nacht; und will ganz frohen Mutes sein. Auf der Straße sind Kirchgänger, im leuchtenden, jauchzenden Ostermor-

gen. Ihr Mädchen, die ihr zum Dom geht! Ihr habt den glei-
chen Weg wie eine Frau, die in diesem Hause wartet. Sie ist
geschmückt, wie ihr; und wie glücklich immer ihr sein mögt,
ihr habt euch ihrer nicht zu schämen. Kommt herein und
nehmt sie mit!"